Unverkäufliches Leseexemplar

Ladenpreis: 20,– DM
Erstverkaufstag: 24. Februar 1995
Wir bitten Sie, Rezensionen nicht vor dem
27. Februar 1995 zu veröffentlichen.
Wir danken für Ihr Verständnis.

Thomas Mann

Thamar

Erzählung

S. Fischer

›Thamar‹ ist das fünfte Hauptstück des Romans ›Joseph der Ernährer‹, des vierten Bandes der Tetralogie ›Joseph und seine Brüder‹.
Die Erzählung erschien erstmals 1942 als Privatdruck der Pazifischen Presse, Los Angeles.

Veröffentlicht 1995
in der Fischer Bibliothek

Einbandgestaltung:
KMS TEAM München
Satz: Clausen & Bosse, Leck
Druck: Wagner GmbH, Nördlingen
Einband: G. Lachenmaier, Reutlingen
Printed in Germany
ISBN 3-10-048276-X

Thamar

Der Vierte

Ein Weib saß zu Jaakobs Füßen, des Geschichtenreichen, im Haine Mamre, der zu Hebron, der Hauptstadt, ist, oder nahebei, im Lande Kanaan. Oft saßen sie an diesem Platz, sei es im härenen Haus, nahe dem Eingang, ebendort, wo der Vater einst mit dem Liebling gesessen und dieser ihm das bunte Kleid abgeluchst hatte, sei es unter dem Unterweisungsbaum oder am Rand des benachbarten Brunnens, wo wir den schlauen Knaben zuerst unterm Monde trafen und den Vater am Stabe besorgt nach ihm spähen sahen. Wie sitzt nun das Weib mit ihm, da oder dort, das Gesicht zu ihm erhoben, und lauscht seinen Worten? Wo kommt das Weib her, das junge und ernste, das man so oft zu seinen Füßen findet, und was für ein Weib ist das?

Ihr Name war Thamar. – Wir sehen uns um unter den Gesichtern der Zuhörer und bemerken nur auf sehr wenigen, auf ganz vereinzelten nur, die Erhellung des Wissens. Offenbar sind der großen Mehrzahl derer, die sich eingefunden haben, die genauen Umstände dieser Geschichte zu erfahren, nicht einmal ihre Grundtatsachen bekannt oder erinnerlich. Wir sollten das tadeln – wenn nicht die öffentliche Unwissenheit dem Erzähler auch wieder recht sein müßte und ihm zustatten käme, da sie die Wichtigkeit seines Geschäftes steigert. Ihr wißt also wirklich nicht mehr, habt es eures Wissens niemals gewußt, wer Thamar war? Ein kanaanitisch Weib, ein Landeskind vorerst und nichts weiter; dann aber Jaakobs Sohnes-Söhnin, Jehuda's, seines Vierten, Schwiegertochter, des Gesegneten Groß-Schnur, sozusagen; vor allem aber seine Verehrerin und seine Schülerin in der Welt- und Gotteskunde, die an seinen Lippen hing und in sein feierliches Antlitz aufblickte mit solcher Andacht, daß auch das Herz des verwaisten Greises sich ihr ganz erschloß und er sogar ein wenig verliebt in sie war.

Denn Thamars Wesen war, auf eine sie selbst beschwerende Weise, aus Strenge und geistlicher Strebsamkeit (der wir noch einen stärkeren Namen werden geben müssen) und dem seelisch-körperlichen Geheimnis astartischer Anziehungskraft eigentümlich gemischt, – und man weiß, zu wie hohen Jahren die Empfänglichkeit für diese es in einem weich und würdig auf sein Gefühl bedachten Gemüte bringen kann.

Jaakobs persönliche Majestät hatte sich seit

dem Tode Josephs, will sagen *durch* dies zerreißende und zunächst ganz unannehmbar scheinende Erlebnis nur noch erhöht. Sobald einmal Gewöhnung Platz gegriffen, sein Hadern mit Gott sich erschöpft, die grausame Verfügung dieses Gottes Eingang gefunden hatte in seine anfangs krampfhaft dagegen versperrte Natur, war sie zu einer Bereicherung seines Lebens, einem Beitrag zu dessen Geschichtenschwere geworden, der sein Sinnen – wenn er in Sinnen verfiel – noch ausdrucksvoller, noch malerisch-vollkommener zum ›Sinnen‹ machte, als es schon immer gewesen war, so daß es den Leuten heilig und scheu dabei zumute wurde und sie einander zuraunten: »Seht, Israel besinnt seine Geschichten!« Ausdruck macht Eindruck, das ist nun so. Die beiden haben immer zusammengehört, und immer wohl hat es jener auf diesen ein wenig abgesehen, wobei nichts zu lachen ist, wenn es sich nicht um hohle Gaukelei handelt, sondern wirkliche Geschichtenschwere obwaltet und gelebtes Leben hinter dem Ausdruck steht. Dann ist höchstens ein ehrerbietiges Lächeln am Platze.

Thamar, das Landeskind, kannte auch dieses Lächeln nicht. Sie war tief beeindruckt von Jaakobs Großartigkeit, sobald sie in seinen Kreis trat, was nicht erst durch Juda, Lea's Vierten, und durch seine Söhne geschah, von denen zweie sie nacheinander heirateten. Dies ist bekannt nebst seinen unheimlichen und halb rätselhaften Begleitumständen, dem Verderben der beiden Judasöhne. Aber nicht bekannt, da die Chronik es übergeht, ist das Verhältnis Thamars zu Jaakob, obgleich es doch die unentbehrliche Voraussetzung zu der Episode und merkwürdigen Randhandlung unserer Geschichte ist, die wir hier einschalten, – nicht ohne uns dabei an die Tatsache gemahnt zu fühlen, daß diese Geschichte, die man wohl verführerisch nennen kann, da sie uns zu so genauer Ausführlichkeit verführt, die Geschichte Josephs und seiner Brüder, selbst nur eine anmutige Einschaltung ist in ein Epos ungleich gewaltigerer Maße.

Hatte Thamar, das Landeskind, die Tochter schlichter Baals-Ackerbürger, die in der Episode einer Episode lebte, eine Vorstellung von dieser Tatsache? Wir antworten: Allerdings hatte sie eine solche. Ihr zugleich anstößiges und großartiges, von tiefem Ernst getragenes Gebaren liefert den Beweis dafür. Nicht umsonst trat uns wiederholt und mit einem gewissen Eigensinn das Wort ›Einschaltung‹ auf die Lippen. Es ist die Losung der Stunde. Es war Thamars Wort und ihre Losung. Sich selbst wollte sie einschalten, und tat es mit erstaunlicher Entschlossenheit, in die große Geschichte, das weitläufigste Geschehen, von dem sie durch Jaakob Kunde erhalten, und von dem ausgeschaltet zu werden sie sich um keinen Preis gefallen ließ. Fiel nicht auch schon das Wort ›Verführung‹ uns ein? Es wußte, warum. Es ist ein Losungswort ebenfalls. Denn durch Verführung schaltete Thamar sich ein in die große Geschichte, von der diese hier nur eine Einschaltung ist; die Bestrickende spielte sie und hurte am Wege, um nur nicht ausgeschaltet zu werden, und erniedrigte sich rücksichtslos, um sich zu erhöhen... Wie geschah das?

Wann zuerst, durch welchen nüchternen Zufall nun immer, Thamar Eingang bei Jaakob, dem Gottesfreunde, fand und zu ihm in andächtige Beziehung trat, – niemand weiß das genau; es mag sein, daß es schon vor Josephs Tode geschah, und bereits nicht ohne Jaakobs Zutun wurde sie in die Sippe aufgenommen und Juda's Erstem, dem jungen 'Er, zum Weibe gegeben. Innigkeit aber gewann das Verhältnis zwischen dem Alten und ihr auf jeden Fall erst und wurde zum täglichen Umgang nach dem gräßlichen Schlag und Jaakobs langsamer und widerstrebender Erholung von ihm, als sein beraubtes Herz heimlich schon auf der Suche war nach neuer Empfindung. Da erst wurde er Thamars gewahr und zog sie an sich um ihrer Bewunderung willen.

Damals waren seine Söhne, die Elfe, schon fast alle vermählt, die Älteren längst, die Jüngeren kürzlich, und hatten Kinder von ihren Weibern. Selbst Benjamin-Benoni, das Todessöhnchen, war bald an der Reihe: kaum, daß er kein Knirps mehr war, sondern jung wurde und mannbar, sieben Jahre etwa, nachdem er den leiblichen Bruder verloren, versorgte Jaakob ihn und freite ihm erst Mahalia, die Tochter eines gewissen Aram, von dem es hieß, daß er ein ›Enkel Thara's‹, auf irgendeine Weise also ein Nachkomme Abrams oder eines seiner Brüder sei; und dann noch das Mägdlein Arbath, eines Mannes Tochter, der Simron hieß, und den man geradezu als einen ›Sohn Abrahams‹ bezeichnete, womit gemeint sein mochte, daß er aus dessen Samen von seiten irgendeines Kebsweibes sei. Es gab in Dingen der Abstammung von Jaakobs Schwiegertöchtern manche Beschönigungen und Einbildungen, an denen zugunsten der Blutseinheit des geistlichen Stammes halb und halb festgehalten wurde, obgleich sie auf schwachen Füßen standen und auch nur in einigen Fällen versucht wurden. Levi's und Issakhars Frauen hielt man für ›Enkelinnen Ebers‹ – vielleicht waren sie es; sie hätten darum noch immer von Assur oder Elam herkommen können. Gad und der geläufige Naphtali hatten sich nach des Vaters Vorbild Frauen geholt aus Charan in Mesopotamien, aber daß sie wirklich Urenkelinnen Nahors, des Onkels Abrahams, seien, behaupteten nicht sie selber, es wurde ihnen zugeschrieben. Der genäschige Ascher nahm sich ein braunes Kind vom Stamme Ismael – nun, das war eine Verwandtschaft, wenn auch eine bedenkliche. Sebulun, von dem man eine phönizische Heirat hätte erwarten sollen, ging in Wirklichkeit eine midianitische ein, – korrekt also nur insofern, als Midian ein Sohn der Ketura, Abrahams zweiter Frau, gewesen war. Aber hatte nicht gleich schon der große Ruben sich schlecht und recht mit einer Kanaaniterin vermählt? So hatte Juda getan, wie wir wissen, und so Schimeon, denn seine Buna war aus Schekem geraubt. Was Dan, von Bilha, betraf, den man Schlange und Otter nannte, so war bekanntlich sein Weib eine Moabiterin, Stammtochter also jenes Moab, den Lots Älteste ihrem eigenen Vater geboren hatte, sich selbst zum Geschwister. Sonderlich geheuer war eben auch das nicht, noch hatte es mit Blutseinheit zu tun, da Lot nicht Abrams ›Bruder‹, sondern nur ein Proselyt gewesen war. Von Adam freilich stammte auch er, allenfalls sogar von Sem, da er aus dem Zweistromland gekommen war. Blutseinheit ist immer nachzuweisen, wenn man den Rahmen weit genug zieht.

Die Söhne alle also ›brachten ihre Frauen in das väterliche Haus‹, wie wir berichtet sind, das heißt: das Sippenlager im Haine Mamre, nahe Kirjath Arba und nahe dem Erbbegräbnis, um Jaakobs härenes Haus herum, nahm zu, wie die Tage sich mehrten, und Nachkommenschaft wimmelte, der Verheißung gemäß, um Jaakobs Knie, wenn der hohe Greis es erlaubte, und er erlaubte es in seiner Güte zuweilen und herzte die Enkel. Namentlich Benjamins Kinder herzte er; denn Turturra, ein stämmiges Bürschchen, das immer noch seine vertrauenden grauen Augen und seine dick-metallische Haares-Sturmhaube hatte, wurde in rascher Folge Vater von fünf Söhnen, die ihm seine Aramäerin gebar, und zwischendurch noch von anderen Kleinen, die ihm die Tochter Simrons bescherte, und Jaakob bevorzugte die Rahelsenkel. Aber trotz ihrem Vorhandensein und Benoni's Vaterwürde behandelte er den Jüngsten immer noch wie ein Kind, hielt ihn am Gängelband wie einen Unmündigen und gab ihm geringste Bewegungsfreiheit, damit ihn kein Unglück beträte. Kaum in die Stadt, nach Hebron, zu gehen, kaum auf das Feld, geschweige denn eine Reise zu tun über Land, erlaubte er dem Rahelspfande, das ihm geblieben, und das er zwar entfernt nicht liebte wie Joseph, so daß denn eigentlich kein Grund war, die obere Eifersucht zu fürchten um seinetwillen, das aber doch, seit der Schöne dem Zahn des Schweines verfallen, zum einigen Schatz seiner Sorge und seines Mißtrauens geworden war, weshalb er es nicht aus den Augen ließ und keine Stunde verbringen wollte, ohne zu wissen, wo Benjamin war und was er trieb. Dieser ließ sich die peinliche Aufsicht, die seinem Gattenansehen wenig zuträglich war, wehmütig-gehorsam gefallen und stellte sich nach Jaakobs schrulligem Willen mehrmals am Tage dem Vater vor; denn tat er's nicht, so kam dieser selbst, am langen Stab, aus der Hüfte hinkend, zu ihm herüber, um nach ihm zu sehen – und dies alles, obgleich, wie Benjamin wohl wußte und wie es sich auch in des Greises schwankendem Benehmen gegen ihn ausdrückte, Jaakobs Empfindungen für ihn eigentlich sehr geteilt und aus Habsorge und Nachträgerei sonderbar gemischt waren, da er im Grunde nicht aufhörte, den Muttermörder und das Mittel in ihm zu sehen, dessen sich Gott bedient hatte, um ihm Rahel zu nehmen.

Einen gewaltigen Vorzug freilich hatte Benoni vor allen noch lebenden Brüdern, außer, daß er der Jüngste war; und dieser Vorzug mochte für Jaakobs träumerisch-assoziierenden Sinn ein Grund mehr sein, ihn immer zu Hause zu halten; er war zu Hause gewesen, als Joseph umkam in der Welt, und wie wir Jaakob kennen, hatte sich diese Gleichung von Zu-Hause-Sein und von Unschuld, von Ganz-bestimmt-nicht-beteiligt-gewesen-Sein an einer draußen geschehenen Untat, in seinem Kopfe symbolisch festgesetzt, also daß Benjamin ständig zu Hause sein mußte, zum Zeichen und Dauerbeweise dieser Unschuld und dafür, daß er allein, der Jüngste, nicht unter den immerwährenden, den immer still nagenden Verdacht fiel, den Jaakob hegte, und von dem die anderen wußten, daß er ihn hegte, zu Recht, wenn auch unrichtig. Es war der Verdacht, daß der Eber, der Joseph zerrissen, ein Tier mit zehn Köpfen gewesen sei; und Benjamin mußte ›zu Hause‹ sein zum Zeichen, daß es elf Köpfe nun einmal bestimmt nicht gehabt habe.

Vielleicht auch nicht zehn, Gott wußte es, er mocht' es für sich behalten, und auf die Dauer, wie Tage und Jahre sich mehrten, verlor die Frage an Wesentlichkeit. Sie tat das vor allem dadurch, daß Jaakob, seit er aufgehört hatte, mit Gott zu hadern, allmählich zu der Auffassung gelangt war, nicht Jener habe ihm das Isaaksopfer gewaltsam auferlegt, sondern aus freien Stücken habe er's dargebracht. Solange der erste Schmerz wütete, hatte diese Idee ihm ganz und gar ferngelegen; nur grausamst mißhandelt war er sich vorgekommen. Wie aber der Schmerz sich legte, Gewöhnung sich einstellte, der Tod seine Vorteile geltend machte – daß Joseph nämlich geborgen war als ein ewig Siebzehnjähriger in seinem Schoß und Schutz –, hatte die weiche, pathetische Seele sich ernstlich einzubilden begonnen, sie sei der Opfertat Abrahams fähig gewesen. Zu Gottes Ehren geschah diese Einbildung und zu seinen eigenen. Nicht wie ein Unhold hatte Gott ihn beraubt und ihm tückisch das Liebste entwendet, sondern nur angenommen hatte er, was man ihm dargeboten wissentlich und in Heldenmut – das Liebste. Glaubt es oder nicht, dies machte Jaakob sich vor und bezeugte es sich um seines Stolzes willen, daß er in der Stunde, als er Joseph nach Schekem entließ auf die Reise, das Isaaksopfer vollbracht und freiwillig, aus Liebe zu Gott, den Allzugeliebten dahingegeben habe. Er glaubte es nicht immer – zuweilen gestand er sich mit Zerknirschung und unter wiederfließenden Tränen, daß er nie und nimmer fähig gewesen wäre, sich für Gott den Teueren vom Herzen zu reißen. Aber der Wunsch, es zu glauben, obsiegte zuweilen; und machte er es nicht mehr oder weniger gleichgültig, wer Joseph zerstückelt hatte?

Der Verdacht – gewiß, er war trotzdem da, er nagte, aber doch nur noch leise und nicht zu jeder Stunde; zuweilen schlief er in späteren Jahren und beruhte auf sich. Die Brüder hatten sich das Leben unterm Verdacht, unterm halbfalschen Verdacht, elender vorgestellt, als es denn schließlich doch war. Der Vater stand gut mit ihnen, es war nicht anders zu sagen. Er sprach mit ihnen und brach mit ihnen das Brot; er nahm an ihren Geschäften und an den Freuden und Sorgen teil ihrer Hütten, er sah sie an, und nur zuweilen, nur zeitweise in schon recht großen Abständen trat das Glimmen, die Falschheit und Trübnis des Verdachtes in seinen Greisenblick, vor der sie, in der Rede stokkend, die Augen niederschlugen. Aber was wollte das sagen? Die Augen schlägt wohl ein Mensch schon nieder, wenn er nur weiß, daß der andere Argwohn hegt. Es muß nicht Schuldbewußtsein bedeuten; auch züchtige Unschuld und Mitleid mit dem am Mißtrauen Kranken mag sich darin ausdrücken. So wird man zuletzt des Verdachtes müde.

Man läßt ihn schließlich auf sich beruhen, besonders wenn seine Bestätigung, vom einmal Geschehenen nicht zu reden, auch an der Zukunft, an der Verheißung, an allem, was ist und sein soll, nichts ändern könnte. Die Brüder mochten der zehnköpfige Kain, sie mochten Brudermörder sein, – sie waren doch, was sie waren, Jaakobs Söhne, das einmal Gegebene, womit man zu rechnen hatte, sie waren Israel. Jaakob nämlich hatte beschlossen und sich gewöhnt, den Namen, den er sich am Jabbok errungen, und von dem er hinkte, nicht auf seine Einzelperson allein zu beziehen, sondern ihm eine weitere und größere Meinung zu geben. Warum nicht? Da es sein Name war, schwer errungen bis zum Morgenrot, durfte er darüber verfügen. Israel, so sollte nicht mehr nur er persönlich genannt sein, sondern alles, was zu ihm, dem Segensmanne, vom zweiten bis zum spätest-niemals spätesten Gliede noch in allen Verzweigungen und Seitenverwandtschaften gehörte, die Sippe, der Stamm, das Volk, dessen Zahl wie der Sterne Zahl sein sollte und wie des Sandes am Meer. Die Kinder, denen zuweilen erlaubt war, um Jaakobs Knie zu spielen, – sie waren Israel, zusammenfassend nannte er sie so, zu seiner Erleichterung gleichzeitig, da er sich nicht alle ihre Namen merken konnte: besonders die Namen der Kinder der ismaelitischen und eindeutig kanaanitischen Weiber konnte er sich schlecht merken. Aber ›Jisrael‹ waren auch diese Weiber, einschließlich der Moabiterin und der Sklavin aus Schekem; und ›Jisrael‹ waren zunächst und vor allem einmal ihre Gatten, die Elfe, um ihre Tierkreiszahl gebracht durch früh gegründeten und immer seienden Bruderzwist und durch heldische Opferkraft, – aber noch immer in stattlicher Anzahl beisammen, Jaakobs Söhne, die Stammväter der Zahllosen, denen sie stammweise ihrerseits einst ihre Namen verleihen mochten – gewaltige Leute vor dem Herrn, wie jeder von ihnen nun einmal beschaffen sein und was ihr Augenniederschlag zu bedeuten haben mochte vor dem Verdacht. War das nicht gleichviel, da sie auf jeden Fall ›Jisrael‹ blieben? Denn das wußte Jaakob, lange bevor es geschrieben stand – und es steht nur geschrieben, weil er es wußte –, daß Jisrael, auch wenn es gesündigt hat, immer Israel bleibt.

In Israel aber, dem elfköpfigen Löwen, war *ein* Haupt der Segenserbe vor den anderen, wie Jaakob es gewesen war vor Esau, – und Joseph war tot. Auf einem ruhte die Verheißung, oder sollte sie ruhen, wenn Jaakob den Segen verspendete: daß von ihm das Heil kommen solle, für welches der Vater seit langem einen Namen suchte und einen vorläufigen gefunden hatte, den niemand kannte, außer dem jungen Weib, das zu Jaakobs Füßen saß. Wer aber war der Erwählte unter den

Brüdern, von dem es kommen sollte? Der Segensmann, bei dessen Bestimmung es nicht mehr nach der Liebeswahl ging – denn die Liebe war tot? Nicht Ruben, der Älteste, der wie ein überkochend dahinschießendes Wasser war und hatte das Flußpferd gespielt. Nicht Schimeon und Levi, die persönlich nichts als geölte Flegel waren und ebenfalls Unvergeßbares auf dem Kerbholz hatten. Denn sie hatten sich aufgeführt zu Schekem wie wilde Heiden und sich benommen wie Feldteufel in Hemors Stadt. Diese drei waren verflucht, soweit eben Israel verflucht sein konnte; sie kamen in Wegfall. Und also mußte der Vierte es sein, der nach ihnen kam, Juda – er war's.

Astaroth

Wußte er, daß er es war? Er konnte es sich an den Fingern abzählen, und das tat er buchstäblich öfters, aber nie ohne vor seiner Erberwählung zu erschrecken und schmerzlich zu zweifeln, ob er ihrer würdig sei, ja zu befürchten, sie möchte in ihm verderben. Wir kennen Jehuda; wir haben zu Zeiten, als Joseph noch am Herzen des Vaters lag, sein leidendes Löwenhaupt mit den Hirschaugen unter den Häuptern der Brüder gesehen und hatten ein Auge auf ihn auch bei Josephs Untergang. Alles in allem stand er nicht schlecht in dieser Sache: nicht so gut, natürlich, wie Benjamin, der ›zu Hause‹ gewesen war, aber fast so gut wie Ruben, der nie des Knaben Tod gewollt, sondern ihm die Grube verschafft hatte, daß er ihn daraus stehle. Ihn aus der Grube zu ziehen und ihm das Leben zu schenken, das war aber auch Juda's Wunsch und Vorschlag gewesen; denn er war's, der vorgeschlagen hatte, den Bruder zu verkaufen, weil man's dem Lamech des Liedes ja doch nicht gleichzutun gewußt habe in diesen Läuften. Die Begründung war nebensächlich und vorwandhaft, wie meistens Begründungen sind. Jehuda hatte volles Gefühl dafür, daß, den Knaben im Loche verkommen zu lassen, um kein Haar besser war, als sein Blut zu vergießen, und hatte ihn retten wollen. Daß er insofern mit seinem Vorschlag zu spät kam, als die Ismaeliter ihr Werk schon getan und den Joseph befreit hatten, war nicht seine Schuld, – er konnte von sich sagen, daß er vergleichsweise löblich dastehe in dieser verfluchten Sache, da er den Jungen hatte wollen davonkommen lassen.

Dennoch ging ihm das Verbrechen ärger nach als denen, die gar nichts zu ihrer Reinigung hätten anführen können, – wie denn auch nicht? Verbrechen sollen lieber nur Stumpfe begehen; es macht ihnen nichts, sie leben ihren Tag hinterdrein, und nichts geht ihnen nach. Das Böse ist für die Stumpfen. Wer auch nur Spuren von Zartheit aufweist, der lasse seine Hand davon, wenn er irgend kann, denn er muß es ausbaden, und nützt ihm nichts, daß er Gewissen bewiesen hat in solcher Sache: bestraft wird er gerade um seines Gewissens willen.

Dem Juda ging die an Joseph und an dem Vater begangene Tat entsetzlich nahe. Er litt an ihr, denn er war zum Leiden befähigt, wie seine Hirschaugen und ein bestimmter Zug um die feinen Nüstern, die vollen Lippen uns gleich vermuten ließen, und sie schuf ihm viel Fluch und strafendes Übel, – oder vielmehr: was er an Fluch und Übel erlitt, das schob er auf sie und sah's als Vergeltung an für das Begangene, das Mitbegangene, – was nun wieder von einem seltsamen Hochmut des Gewissens zeugt. Denn er sah ja, daß die anderen, Dan, oder Gaddiel, oder Sebulun, von den wilden Zwillingen nicht zu reden, frei ausgingen, daß es ihnen gar nichts machte und sie nichts zu büßen hatten, was ihn auf den Gedanken hätte bringen können, daß seine eigenen Plagen, die mit sich selbst und die mit seinen Söhnen, vielleicht dem Begangenen oder Mitbegangenen ganz fremd seien und ihm unabhängig davon, aus ihm selbst, erwuchsen. Aber nein, er wollte es so, daß er Strafe leide, er allein, und blickte mit Geringschätzung auf die, die ungeplagt blieben dank ihrer Dickfelligkeit. Und das ist der eigentümliche Hochmut des Gewissens.

Die Plagen nun, die er ausstand, trugen alle das Zeichen der Astaroth, und er durfte sich nicht wundern, daß sie aus diesem Weltwinkel kamen, da er von der Herrin schon immer geplagt worden, das heißt: ihr untertan gewesen war, ohne sie zu lieben. Juda glaubte an den Gott seiner Väter, El Eljon, den Höchsten, Shaddai, den Mächtigen Jaakobs, den Fels und den Hirten, Jahwe, von dessen Nase, wenn er zornig war, Dampf ging und verzehrend Feuer von seinem Munde, daß es davon blitzte. Ihn ließ er Speisopfer riechen und opferte ihm Ochsen und Milchlämmlein, so oft es angezeigt schien. Außerdem aber glaubte er auch an die Elohim der Völker, – wogegen nicht viel zu sagen war, wenn er ihnen nur nicht diente. Beobachtet man, wie spät noch und wie weitab von den Gründungen das Volk Jaakobs von seinen Meistern fluchend ermahnt werden mußte, die fremden Götter, Baalim und Astaroth, von sich zu tun und nicht mit den Moabitern Opferschmäuse zu halten, so hat man den Eindruck arger Ungefestigtheit und der Neigung zum Rückfall und Abfall bis ins späteste Glied und wird nicht erstaunt sein, daß eine so frühe, der Quelle so nahe Figur wie Jehuda ben Jekew an Astaroth glaubte, die eine überaus volkstümliche und unter abweichenden Namen überall verherrlichte Göttin war. Sie war seine Herrin, und er trug ihr Joch, das war die leidige – seinem Geiste und seiner Berufenheit leidige – Wirklichkeit, – und wie hätte er also nicht an sie glauben sollen? Er opferte ihr nicht – nicht im engeren Sinne des Wortes, das heißt: nicht Ochsen und Milchlämmlein verbrannte er ihr. Aber zu leidigeren, leidenschaftlicheren Opfern hielt ihr grausamer Speer ihn an, Opfern, die er nicht gerne, nicht heiteren Herzens, brachte, sondern nur unter Zwang der Herrin; denn sein Geist lag mit seiner Lust in Widerstreit, und er löste sich aus keiner Hierodule Armen, ohne sein Haupt in Scham zu bergen und aufs schmerzlichste an seiner Tauglichkeit zur Erberwählung zu zweifeln.

Seit sie nun miteinander Joseph aus der Welt geschafft, hatte Juda begonnen, die Plagen Aschtarti's als eine Strafe anzusehen für seine Untat; denn sie steigerten sich, umgaben ihn von außen, wie sie ihn von innen zwackten, und es ist kaum anders zu sagen, als daß der Mann seitdem in der

Hölle büßte, – in einer der Höllen, die's gibt, der Geschlechtshölle.

Mancher wird denken: das kann die schlimmste nicht sein. Aber wer so denkt, der kennt den Durst nach Reinheit nicht, ohne welchen es freilich gar keine Hölle gibt, weder diese noch sonst eine. Die Hölle ist für die Reinen; das ist das Gesetz der moralischen Welt. Denn für die Sünder ist sie, und sündigen kann man nur gegen seine Reinheit. Ist man ein Vieh, so kann man nicht sündigen und spürt von keiner Hölle nichts. So ist's eingerichtet, und ist die Hölle ganz gewiß nur von besseren Leuten bewohnt, was nicht gerecht ist, aber was ist unsere Gerechtigkeit!

Die Geschichte von Juda's Ehe und der seiner Söhne und ihrem Verderben darin ist äußerst seltsam und unheimlich und eigentlich undeutlich, weshalb nicht bloßen Zartgefühls wegen nur immer mit halben Worten davon geredet werden kann. Wir wissen, daß Lea's Vierter sich früh vermählt hatte, – der Schritt war aus Reinheitsliebe geschehen, daß er sich binde, sich beschränke und Frieden fände; aber vergebens; die Rechnung war ohne die Herrin gemacht und ihren Speer. Sein Weib, deren Name nicht überliefert ist, – vielleicht wurde sie wenig bei Namen genannt, sie war einfach Schua's Tochter, jenes kanaanitischen Mannes, dessen Bekanntschaft Juda durch seinen Freund und Oberhirten Hirah, vom Dorfe Odollam, gemacht hatte: – dieses sein Weib denn hatte ihn viel zu beweinen, ihm viel zu vergeben, und etwas leichter wurde es ihr, weil sie immerhin dreimal Mutterglück kostete, – ein kurzes Mutterglück, denn die Buben, die sie dem Juda schenkte, waren nur anfangs nett, dann wurden sie übel: am wenigsten noch der Jüngste, Shelah, in einigem Abstand von den ersten geboren; er war nur kränklich, aber die älteren, 'Er und Onan, waren zugleich auch übel, kränklich auf üble Art und übel auf kränkliche, dabei hübsch und dazu frech, kurzum ein Leidwesen in Israel.

Solche Buben, wie diese beiden, kränklich und ausgepicht, dabei aber nett, sind eine Zeitwidrigkeit an solcher Stelle und eine Voreiligkeit der Natur, die einen Augenblick nicht ganz bei sich ist und vergißt, wo sie hält. 'Er und Onan hätten ins Alte und Späte gehört, in eine Greisenwelt spöttischer Erben, sagen wir: ins äffische Ägyptenland. So nahe dem Ursprung eines ins Weite gerichteten Werdens waren sie fehl am Ort, fehl in der Zeit und mußten vertilgt werden. Das hätte Juda, ihr Vater, begreifen und niemanden beschuldigen sollen, als etwa sich selbst, der sie nun einmal erzeugt hatte. Er schob aber die Schuld an ihrer Übelkeit auf Schua's Tochter, ihre Mutter, und nur insofern auf sich, als er meinte, eine Narrheit begangen zu haben, da er eine geborene Baalsnärrin zum Weibe nahm. Und ihre Ausrottung schob er auf das Weib, dem er sie einen nach dem anderen zur Ehe gab, und die er bezichtigte, eine Ischtar-Figur zu sein, die ihre Liebsten vernichtet, daß sie an ihrer Liebe sterben. Das war ungerecht: gegen sein Weib, das ihm aus Kummer über dies alles bald dahinstarb, und ungerecht sicher in hohem Maße auch gegen Thamar.

Thamar erlernt die Welt

Thamar, sie war's. Sie saß zu Jaakobs Füßen, seit langem schon, tief beeindruckt von seinem Ausdruck, und lauschte der Lehre Israels. Nie lehnte sie sich an, sie saß sehr aufrecht, auf einem Schemel, auf einer Brunnenstufe, einem Wurzelstrange des Unterweisungsbaumes, mit hohlem Rücken, gestreckten Halses, zwei Falten der Anstrengung zwischen ihren samtenen Brauen. Sie stammte aus einem zum Umkreise Hebrons gehörigen Flecken an sonniger Bergschräge, dessen Leute sich von Weinbau und etwas Viehzucht nährten. Dort stand das Haus ihrer Eltern, die waren Klein-Ackerbürger und schickten die Dirne zu Jaakob mit Sangen und frischen Käsen, auch Linsen und Grütze, die er mit Kupfer gekauft hatte. So kam sie zu ihm und fand erstmals ihren Weg zu ihm, aus plattem Anlaß, in Wahrheit aber geleitet von höherem Drange.

Sie war schön auf ihre Art, nämlich nicht hübsch und schön, sondern schön auf eine strenge und verbietende Art, also, daß sie über ihre eigene Schönheit erzürnt zu sein schien, und das mit Recht, denn etwas Behexendes war daran, was den Mannsbildern nicht Ruhe ließ, und gegen solche Unruhe eben hatte sie die Furchen zwischen ihre Brauen gepflanzt. Sie war groß und fast mager, von einer Magerkeit aber, die mehr Unruhe hervorrief als noch so reichliche Fleischesform, so daß die Unruhe eigentlich nicht des Fleisches war, sondern dämonisch genannt werden mußte. Sie hatte bewundernswert schöne und eindringlich sprechende braune Augen, fast kreisrunde Nasenlöcher und einen stolzen Mund.

Was Wunder, daß Jaakob angetan war von ihr und sie an sich zog zum Lohn ihrer Bewunderung? Er war ein gefühlsliebender Greis, der nur darauf wartete, noch einmal fühlen zu können; und um uns Alten einmal noch das Gefühl zu wecken, oder doch etwas, was mild und verhüllt an das Gefühl unserer Jugend erinnert, muß schon was Besonderes kommen, das uns durch seine Bewunderung stärkt, astartisch zugleich und geistlich begierig nach unserer Weisheit.

Thamar war eine Sucherin. Die Falten zwischen ihren Brauen hatten nicht nur den Sinn des Zornes über ihre Schönheit, sondern auch den angestrengter Bemühtheit um Wahrheit und Heil. Wo in der Welt trifft man die Gottessorge nicht an? Sie kommt vor auf Königsthronen und in ärmlichsten Bergweilern. Thamar war eine ihrer Trägerinnen, und die Unruhe, die sie erregte, störte und erzürnte sie eben um der höheren Unruhe willen, die sie trug. Man hätte dies Landeskind vom Dorfe für religiös versorgt halten sollen. Der Wald-und-Wiesen-Naturdienst jedoch, den man ihr überlieferte, hatte ihrer Eindringlichkeit, schon ehe sie Jaakob hörte, nicht wollen Genüge tun. Sie kam mit den Baalim und Fruchtbarkeitsgöttern nicht aus, denn ihre Seele erriet, daß anderes, Überlegenes in der Welt war, und angestrengt spürte sie ihm nach. Es gibt solche Seelen: ein Neues und Änderndes braucht nur in der Welt zu sein, daß ihre einsame Empfindlichkeit davon berührt und ergriffen wird und sie sich zu ihm auf den Weg machen müssen. Ihre Unruhe ist nicht erster Ordnung, wie die des Wanderers von Ur, die ihn ins Leere trieb, wo nichts war, so daß er das Neue selber aus sich hervorbringen mußte. Nicht so diese Seelen. Ist aber das Neue da und ist es in der Welt, so beunruhigt es ihre Empfänglichkeit sogar von weither, daß sie danach müssen wallen gehen.

Thamar hatte nicht weit zu wallen. Die Waren, die sie Jaakob ins Zelt brachte, um Kupfergewicht dafür zu nehmen, waren bestimmt nur ein Trick des Geistes und ein Vorwand ihrer Unruhe. Sie fand zu ihm, und nun saß sie oft und oft zu den Füßen des Feierlichen, Geschichtenschweren, sehr gerade, die dringlichen Augen groß zu ihm aufgeschlagen, von Aufmerksamkeit so gebannt und reglos, daß die silbernen Ohrringe zu seiten ihrer vertieften Wangen herniederhingen, ohne zu schaukeln, und er erzählte ihr die Welt, das heißt seine Geschichten, die er in kühner Lehrhaftigkeit als die Geschichte der Welt darzustellen wußte, – eines Stammbaums verzweigtes Gebreite, eine aus Gott erwachsene und von ihm betreute Familiengeschichte.

Er lehrte sie den Anfang, Tohu und Bohu und ihre Entmischung durch Gottes Wort; das Werk der sechs Tage und wie das Meer auf des Wortes Geheiß sich mit Fischen, der Raum danach unter der Feste des Himmels, wo die Lichter standen, mit vielem Gefieder, und die grünende Erde mit Vieh, Gewürm und allerlei Tieren füllte. Er ließ sie die rüstige und heiter pluralische Aufforderung Gottes hören an sich selbst, den unternehmenden Vorsatz: »Laßt uns den Menschen machen!« – und ihr war, als sei er es selbst, der's gesagt hatte, und jedenfalls, als müsse Gott, von dem es immer und geradehin nur einfach ›Gott‹ hieß wie nirgends sonst in der Welt, – als müsse Er ganz ähnlich dabei ausgesehen haben wie Jaakob selbst, womit ja der Zusatz auch übereinstimmte: »Ein Bild, das uns gleich sei.« Sie hörte vom Garten gegen Morgen und von den Bäumen darin, des Lebens und der Erkenntnis, von der Verführung und von der ersten Eifersuchtsanwandlung Gottes: wie er erschrak, der Mensch, der nun gar schon wisse, was Gut und Böse, möchte auch noch vom Baum des Lebens essen und vollends werden wie unsereiner. Da eilte sich unsereiner, vertrieb den Menschen und setzte den Cherub davor mit hauendem Schwert. Dem Menschen aber gab er Mühe und Tod, daß er zwar ein Bild sei, uns gleich, aber nicht allzu gleich, sondern nur etwas gleicher als Fische, Gevögel und Vieh, jedoch mit der heimlich gesetzten Aufgabe, uns, unserer Eifersucht entgegen, nach Möglichkeit immer gleicher zu werden.

So hörte sie's. Sehr folgeklar war es nicht, vielmehr geheimnisvoll und dazu großartig wie Jaakob selbst, der es kündete. Sie hörte von den feindlichen Brüdern und vom Mord auf dem Felde. Von den Kindern Kains und ihren Geschlechtern, wie sie sich in drei Arten teilten auf Erden: solche, die in Hütten wohnen und Vieh ziehen; solche, die Erze schmieden und sich damit schienen, und solche endlich, die bloß geigen und pfeifen. Das war eine vorläufige Einteilung. Aber von Seth, zum Ersatz für Habel geboren, kamen auch viele Geschlechter bis hin zu Noah, dem Hochgescheiten: dem gab es Gott, sich selbst hintergehend und seinen vertilgenden Zorn, die Schöpfung zu retten, daß er die Flut überstand mit seinen Söhnen Sem, Ham und Japheth, nach welchen die Welt sich einteilte aufs neue, denn zahllose Geschlechter sandte ein jeder der Dreie aus; und Jaakob kannte sie alle – die Namen der Völkerschaften und ihrer Siedelungen auf Erden entströmten nur so seinem kündenden Munde vor Thamars Ohren; weit war der Überblick über die wimmelnde Zucht und ihre Landschaften – und zog sich auf einmal ins Ausgesucht-Familiäre zusammen. Denn Sem zeugte Eber im dritten Gliede, der aber im fünften den Thara, und so kam's zu Abram, einem von Dreien, aber er war's!

Denn ihm gab Gott die Unruhe ins Herz um seinetwillen, daß er unermüdlich arbeite an Gott, ihn hervordenke und ihm einen Namen mache, zum Wohltäter schuf er sich ihn und erwiderte dem Geschöpf, das den Schöpfer erschuf im Geiste, die Wohltat mit ungeheuren Verheißungen. Einen Bund schloß er mit ihm zu wechselseitiger Förderung, daß einer immer heiliger werden sollte im andern, und verlieh ihm das Recht der Erberwählung, Segens- und Fluchgewalt, daß er segne das Gesegnete und Fluch spreche dem Verfluchten. Weite Zukünfte riß er auf vor ihm, worin die Völker wogten, und ihnen allen sollte sein Name ein Segen sein. Und verhieß ihm unermeßliches Vatertum, da doch Abram unfruchtbar war in Sarai bis in sein sechsundachtzigstes Jahr.

Da nahm er die ägyptische Magd und zeugte mit ihr einen Sohn und nannte ihn Ismael. War aber ein abwegig Erzeugnis, nicht auf der Heilsbahn, der Wüste gehörig, und Urvater glaubte nicht Gottes Versicherungen, daß er auch noch einen Sohn haben solle von der Rechten, Isaak geheißen, sondern fiel aufs Gesicht vor Lachen über Gottes Wort, denn bereits war er hundert, und Sara ging es schon nicht mehr nach der Weiber Weise. Dennoch aber ward ihr dieses Lachen zugerichtet, daß Jizchak erschien, das verwehrte

Opfer, über den es hieß von oben, daß er solle zwölf Fürsten zeugen, was nicht ganz richtig war. Gott versprach sich zuweilen und meinte es nicht genau, wie er sagte. Nicht Isaak zeugte die Zwölfe, oder nur mittelbar. Eigentlich tat erst er selbst es, der feierlich Kündende, an dessen Lippen das Landeskind hing, Jaakob, des Roten Bruder: mit vier Weibern zeugte er sie als des Teufels Dienstmann, Labans zu Sinear.

Denn abermals erfuhr Thamar von den feindlichen Brüdern, dem roten Jäger, dem sanften Hirten; sie vernahm vom richtigstellenden Segensbetrug und von des Diebes Flucht, – wo es denn wegen Eliphas, des Untertretenen Sohn, und der Begegnung mit ihm unterwegs um der Würde willen nur zu einem schonenden Vortrag kam. Hier und noch in anderer Sache ging Jaakobs Rede etwas schonend und abmindernd, nämlich auch noch wegen Rahels Lieblichkeit und seiner Liebe zu ihr. In Ansehung des Eliphas schonte er sich selbst und stellte seine Erniedrigung vor dem Knaben aus Schönheitsgründen nicht just in den stärksten Farben dar. Die Vielgeliebte betreffend aber schonte er Thamar; denn er war etwas verliebt in sie und hatte es im Gefühl, daß man vor einer Frau nicht allzu frei die Lieblichkeit einer anderen preisen soll.

Dagegen vom großen Leiter-Traum, den der Segensdieb träumte zu Lus, erfuhr seine Schülerin in aller Pracht und Größe, mochte auch eine so herrliche Haupterhebung nicht ganz erklärlich sein ohne die tiefe Erniedrigung, die vorausgegangen. Den Erben hörte sie künden davon und sah ihn an dabei, ganz Aug und Ohr, der den Segen Abrahams trug und Macht hatte, ihn weiter zu spenden an einen, der Herr sein sollte über seine Brüder und dem seiner Mutter Kinder würden müssen zu Füßen fallen. Und wieder vernahm sie das Wort: »Durch dich und deinen Samen sollen gesegnet sein alle Geschlechter auf Erden.« Und rührte sich nicht.

Ja, wie vieles vernahm sie in diesen Stunden, ausdrucksvoll vorgetragen, – alle Geschichten! Die vierzehn Dienstjahre dehnten sich ihr im Lande des Kotes und Goldes nebst ihren Über-Jahren, daß es auf fünfundzwanzig kam und sich dank der Falschen, der Rechten und ihren Mägden die Elfe versammelten, einschließlich des Reizenden. Von ihrer aller Flucht hörte sie, von Labans Verfolgung und seinem Suchen. Vom Ringkampfe mit dem Rindsäugigen bis zum Morgenrot, wovon Jaakob hinkte sein Leben lang wie ein Schmied. Von Schekem und seinen Greueln, wo die wilden Zwillinge den Mann erwürgt und den

Ochsen verderbt hatten, und waren gewissermaßen verflucht worden. Von Rahels Sterben, einen Feldweg nur von der Herberge, am Todessöhnchen. Von Rubens unverantwortlichem Dahinschießen, und wie auch er war verflucht worden, soweit eben Israel verflucht werden kann. Und dann die Geschichte Josephs, wie ihn der Vater zu sehr geliebt, aber, ein Gottesheld, ihn auf den Weg geschickt und wissentlich das Teuerste zum Opfer dahingegeben mit starker Seele.

Dies ›Einst‹ war noch frisch, und Jaakobs Stimme bebte dabei, während sie bei den früheren und frühesten, schon ganz mit Zeit bedeckten Einstmaligkeiten höchst episch gelassen gewesen war, feierlich froh im Ausdruck auch bei den grimmen und schweren, denn Gottesgeschichten waren sie alle, heilig zu erzählen. Nun ist aber ganz gewiß, es konnte nicht anders sein, und man muß es wissen, daß Thamars lauschende Seele im Lehrgange nicht nur mit geschichtlich-zeitbedecktem ›Einst‹, mit heiligem ›Es war einmal‹ gespeist wurde. ›Einst‹ ist ein unumschränktes Wort und eines mit zwei Gesichtern; es blickt zurück, weit zurück, in feierlich dämmernde Fernen, und es blickt vorwärts, weit vorwärts in Fernen, nicht minder feierlich durch ihr Kommen-Sollen, als jene anderen durch ihr Gewesen-Sein. Manche leugnen dies; ihnen ist feierlich nur das Einst der Vergangenheit, dasjenige aber der Zukunft gilt ihnen für schnöde. Frömmlerisch sind sie statt fromm, Narren und trübe Seelen, Jaakob saß nicht in ihrer Kirche. Wer nicht das Einst der Zukunft ehrt, ist nicht des Einst der Vergangenheit wert und stellt sich auch zum heutigen Tag verkehrt. Dies ist unsere Lehrmeinung, wenn wir sie einschalten dürfen in die Lehren, die Jaakob ben Jizchak der Thamar erteilte, und die voll waren vom doppelten ›Einst‹, wie denn auch nicht, da er ihr ja die Welt erzählte, und da das Wort der Welt eben ›Einst‹ ist als Kunde und Verkündigung? Sie mochte wohl dankbar zu ihm sagen und sagte es auch: »Du hast es zu wenig geachtet, Herr, Herr, mir zu künden, was sich begeben hat, sondern hast deiner Magd noch von fernem Zukünftigem geredet.« Denn so tat er ganz unwillkürlich, da ja in allen seinen Geschichten von Anbeginn ein Element der Verheißung einschlägig war, so daß man nicht davon künden konnte, ohne auch zu verkünden.

Wovon sprach er zu ihr? Er sprach ihr von Shiloh.

Die Annahme ging völlig fehl, daß Jaakob erst auf dem Totenbett, einer Sterbe-Eingebung gemäß, sich über Shiloh, den Helden, ergangen hätte. Er hatte damals überhaupt keine Eingebungen, sondern ließ feierlich nur längst Vorbereitetes hören, was er bedacht und sich zurechtgelegt hatte ein halbes Leben lang, und wofür seine Sterbestunde eben nur ihre Weihe hergeben mußte. Dies betrifft die Segenssprüche und fluchartigen Beurteilungen der Söhne so gut wie die Erwähnung der Verheißungsfigur, die er Shiloh nannte, und mit der seine Gedanken zu Thamars Zeit längst angefangen hatten sich zu beschäftigen, wenn er auch zu niemandem sonst, als zu ihr, davon sprach, zum Dank ihrer großen Aufmerksamkeit und deswegen, weil er mit Resten seiner Gefühlskraft etwas verliebt in sie war. – Wen oder was meinte er mit Shiloh?

Wie er sich's ausgesonnen hatte! – es war seltsam. Shiloh war nichts als ein Stadtname vorderhand, der Name einer ummauerten Ortschaft weiter nördlich im Lande, wo öfters die Landeskinder, wenn sie gekriegt und gesiegt hatten, zusammenkamen, um untereinander die Beute zu teilen, – kein sonderlich heiliger Platz. Er hieß aber Ruhe- und Rastplatz, denn das meint ›Schiloh‹; Frieden meint es und frohes Eratmen nach blutiger Fehde und ist ein Segenslaut, tauglich als Eigenname so gut wie als Name des Platzes. Darum, wie Sichem, der Burgsohn, ebenso hieß wie seine Stadt, mochte auch Shiloh als Name dienen für einen Mann und Menschensohn, Friedreich geheißen, den Träger und Bringer des Friedens. In Jaakobs Gedanken war er der Mann der Gewärtigung, den Menschen verheißen in frühesten und immer erneuerten Angelobungen und Fingerzeigen, verheißen dem Schoße des Weibes, verheißen in Noahs Segen für Sem, verheißen dem Abraham, durch dessen Samen alle Geschlechter auf Erden sollten gesegnet sein: der Friedensfürst und der Gesalbte, der da herrschen würde von Meer zu Meer und vom Fluß bis zum Ende der Welt, dem alle Könige sich beugen und alle Völker anhangen würden, der Held, der einst erweckt werden sollte aus erwähltem Samen, und dem der Stuhl seines Königreiches sollte bestätigt sein ewiglich.

Ihn, der da kommen würde, nannte er Shiloh, – und nun ist man dringend aufgefordert, sich's vorzustellen und es sich einzubilden, so gut man nur kann, wie Jaakob, der Aus- und Eindrucksreiche, in diesen Lehrstunden, das Anfänglichste mit dem Zukünftigsten verbindend, von Shiloh sprach. Es war bedeutend, es war gewaltig; Thamar, das Weib, das ganz allein gewürdigt war, es zu hören, saß unbeweglich; man hätte nun auch bei genauestem Hinsehen kein leisestes Schaukeln ihrer Ohrringe mehr feststellen können. Sie hörte die Welt, die im Frühen das Späte barg als Verheißung, eine ungeheure und vielverzweigte, geschichtenvolle Geschichte, durch welche der Purpurfaden der Zugelobung und der Gewärtigung lief von einst zu einst, vom ehemaligsten Einst zum zukünftigsten, wo denn in kosmischer Heilskatastrophe zwei Sterne, die feindlich gegeneinander geflammt, der Stern der Macht, der Stern des Rechts, mit das All erfüllendem Donnergetös ineinanderstürzen und einer sein würden fortan in mildgewaltigem Schein zu Häupten der Menschheit: der Stern des Friedens. Das war Shilohs Stern, des Menschensohnes, des Sohnes der Erberwählung, der dem Samen des Weibes verheißen war, daß er solle der Schlange den Kopf zertreten. Thamar aber war ein Weib, war das Weib, denn jedes Weib ist das Weib, Mittel des Falles und Schoß des Heils, Astarte und Mutter Gottes, und zu Füßen saß sie des Vatermannes, auf den durch regelnden Pfiff der Segen gekommen war, und der ihn weiterverspenden sollte in die Geschichte hinaus an einen in Israel. Wer war es? Über wessen Scheitel würde der Vater sein Horn erheben, daß er ihn zum Erben salbe? Thamar hatte Finger, es sich daran auszurechnen. Drei waren verflucht, der Liebling aber, der Sohn der

Rechten, war tot. Nicht Liebe konnte den Erbgang lenken, und wo die Liebe hinweggenommen, bleibt nichts als Gerechtigkeit. Gerechtigkeit war das Horn, aus dem das Öl der Erwählung träufeln mußte auf den Scheitel des Vierten. Juda, er war der Erbe.

Die Entschlossene

Von nun an eigneten sich die stehenden Furchen zwischen Thamars Brauen noch eine dritte Bedeutung zu. Nicht nur vom Zorn über ihre Schönheit sprachen sie und von suchender Anstrengung, sondern auch von Entschlossenheit. Hier sei es erhärtet: Thamar war fest entschlossen, sich, koste es was es wolle, mit Hilfe ihres Weibtums in die Geschichte der Welt einzuschalten. So ehrgeizig war sie. In diesen unerschütterlichen und – wie alle Unerschütterlichkeit etwas Finsteres hat – fast finsteren Entschluß war ihre geistliche Strebsamkeit eingemündet. Belehrung wird in gewissen Naturen sofort zum Wollen, ja, solche Naturen gehen wohl nur auf Belehrung aus, um ihr Wollen damit zu speisen und ihm ein Ziel zu geben. Thamar hatte über die Welt und ihre Zielstrebigkeit nur belehrt zu werden brauchen, um zu dem unbedingten Entschluß zu gelangen, ihr Weibtum mit dieser Zielstrebigkeit zu verbinden und weltgeschichtlich zu werden.

Wohlverstanden: in der Geschichte der Welt steht jeder. Man braucht nur in die Welt geboren zu sein, um so oder so und schlecht und recht durch sein bißchen Lebensgang zur Gänze des Weltprozesses sein Scherflein beizutragen. Die meisten aber wimmeln peripherisch weitab-seitab, unkund des Hauptgeschehens und ohne Anteil an ihm, bescheiden und im Grunde froh, nicht zu seinem erlauchten Personal zu gehören. Thamar verachtete diese. Kaum war sie belehrt, so wollte sie, – oder richtiger: sie hatte Belehrung genommen, um zu erfahren, was sie wollte und nicht wollte. Sie wollte nicht abseits wimmeln. Recht auf die Bahn wollte dies Landmädchen sich bringen, die Bahn der Verheißung. Von der Familie wollte sie sein, sich einschalten mit ihrem Schoß in die Geschlechterreihe, die in die Zeiten führte zum Heil. Sie war das Weib, und Verkündigung war ihrem Samen geworden. Eine Vor-Mutter Shilohs wollte sie sein.

Nichts mehr und nichts weniger. Fest standen die Falten zwischen ihren samtenen Brauen. Schon drei Bedeutungen hatten sie, – es konnte nicht fehlen, daß sie noch eine vierte annahmen:

diejenige zornig neidvoller Geringschätzung für Schua's Tochter, das Weib Jehuda's. Dieser Trulle, die auf der Bahn war und an erlauchtem Platze, so ohne Verdienst und Wissen und Willen (denn Wissen und Willen rechnete Thamar als Verdienst), – dieser der Geschichtlichkeit gewürdigten Null also wollte sie nicht im geringsten wohl, sondern haßte sie, ganz ohne es vor sich selbst zu verbergen, aufs weiblichste, und hätte ihr, wiederum ohne es sich selbst zu verhehlen, den Tod gewünscht, wenn das noch Sinn gehabt hätte. Es hatte aber keinen, weil jene dem Juda ja schon drei Söhne gebracht hatte, so daß sie diesen allen dreien den Tod hätte wünschen müssen, damit die Lage hergestellt und wirklich der Platz für sie frei gemacht sei an der Seite des Erben. Als solchen liebte sie Juda und begehrte sein – es war die Liebe des Ehrgeizes. Nie hat wohl – oder hatte bis dahin – ein Weib einen Mann so gar nicht um seiner selbst willen, vielmehr so ganz um einer Idee willen geliebt und begehrt, wie Thamar den Juda. Es war eine neue Liebesgründung; zum ersten Mal gab es das: die Liebe, die nicht aus dem Fleische kommt, sondern aus dem Gedanken, so daß man sie wohl dämonisch nennen mochte, so gut wie die Unruhe, die Thamar selbst der Mannheit erweckte ohne Fleischesform.

Sie hätte ihr astartisch Teil, dem sie sonst zürnte, wohl gern und willentlich spielen lassen zu Juda hinüber und kannte ihn viel zu gut als Knecht der Herrin, um nicht des Sieges gewiß zu sein. Aber es war zu spät, – was ja immer heißt: zu spät in der Zeit. Sie war zu spät daran, war fehl am Zeitort mit ihrer Ehrgeiz-Liebe. An dieser Stelle der Kette konnte sie sich nicht mehr einschalten und sich nicht wohl auf die Bahn bringen. Sie mußte daher einen Schritt vorwärts oder hinab tun in der Zeit und den Generationen, mußte selbst die Generation wechseln und ihr zielstrebiges Begehren dorthin richten, wo sie Mutter hätte sein wollen, – was gedanklich nicht schwer war, da Mutter und Geliebte immer eines gewesen waren in höherer Sphäre. Kurzum, von Juda, dem Erbsohn, mußte sie ihr Augenmerk auf seine Söhne, die Erbenkel, richten, – denen sie fast den Tod gewünscht hätte, um sie selbst, und zwar besser, hervorzubringen: auf den Ältesten, den Knaben 'Er selbstverständlich zuerst und allein, denn er war der Erbe.

Ihre persönliche Stellung in der Zeit ermöglichte ihr das Hinabsteigen recht wohl. Sie wäre für Juda nicht viel zu jung gewesen und war für 'Er nicht gar zu alt. Dennoch tat sie den Schritt nicht gern. Die Anstößigkeit dieser Generation, ihre kränkliche, wenn auch nette Verderbtheit, ließ sie zögern, ihn zu tun. Aber ihr Ehrgeiz wußte sich zu helfen – er mußte wohl, sie wäre sonst sehr unzufrieden mit ihm gewesen. Er sagte ihr, daß die Verheißung nicht immer verheißungsvolle oder auch nur geheure Wege zu gehen braucht; daß sie, ohne zu verkümmern, viel Zweideutig-Minderwertiges und selbst Verworfenes durchlaufen mag, und daß aus Krankem nicht immer Krankes kommen muß, sondern ein geprüftes und aufgeartetes Leben daraus hervorgehen und weiterhin seinen Weg zum Heile nehmen kann, besonders, wenn ihm die aufartende Kraft einer Entschlossenheit dabei zur Hilfe kommt, wie Thamar sie ihr eigen nannte. Auch waren die Juda-Sprossen ja eben nur abgeartete Männer. Auf das Weib aber kam's an, und darauf, daß das rechte just hier am schwächsten Punkte sich einschalte. Dem Schoße des Weibes galt die erste Verheißung. Was lag an den Männern!

Um nun jedoch ihr Ziel zu erreichen, mußte sie wieder hinaufsteigen in der Zeit bis ins dritte Glied; anders war's nicht zu machen. Zwar ließ sie ihr Astartisches spielen gegen den jungen Menschen, aber die Rückwirkung war kindisch und lasterhaft. 'Er wollte nur scherzen mit ihr, und als sie dagegen die Finsternis ihrer Brauen setzte, fiel er ab und war des Ernstes nicht fähig. Sich hinter Juda zu stecken, weiter hinauf, hinderte sie ein Zartgefühl; denn er war es gewesen, den sie eigentlich begehrt hatte oder begehrt hätte, und wenn er das auch nicht wußte, so wußte doch sie es und schämte sich, von ihm den Sohn zu begehren, den sie ihm hätte gebären wollen. Darum steckte sie sich hinter Jaakob, das Sippenhaupt, ihren Lehrer, und hinter seine ihr selbstverständlich wohlbekannte würdevolle Schwäche für sie, der sie mehr schmeichelte, als daß sie sie verletzt hätte, indem sie sich um Aufnahme in die Familie bewarb und den Enkel von ihm zum Mann begehrte. Am selben Platze tat sie es, im Zelt, wo Joseph den Alten einst ums bunte Kleid beschwatzt, und hatte leichteres Spiel als jener, mit ihrem Anliegen.

»Meister und Herr«, so sprach sie, »Väterchen, lieb und groß, nun höre deine Magd und neige dich, bitte, ihrer Bitte und ihrem ernstlichst sehnsuchtsvollen Verlangen! Siehe, du hast mich erlesen und groß gemacht vor den Töchtern des Landes, hast mich unterwiesen in der Welt und in Gott, dem einzig Höchsten, hast mir die Augen aufgetan, die blind waren, und mich gebildet, daß ich dein Gebilde bin. Wie ist doch dies mir zuteil geworden, daß ich Gnade fand vor deinen Augen und hast mich getröstet und deine Magd freundlich angesprochen, das vergelte dir der Herr, und möge dein Lohn vollkommen sein bei dem Gotte Israels, zu welchem ich gekommen bin an deiner Hand, daß ich unter seinen Flügeln Zuversicht habe! Denn ich hüte mich und bewahre meine Seele wohl, daß ich nicht die Geschichten vergesse, die du mich hast sehen lassen, und daß sie nicht aus meinem Herzen kommen all mein Leben lang. Meinen Kindern und Kindeskindern, wenn mir Gott solche gibt, will ich sie kundtun, daß sie sich nicht verderben und sich nicht irgendein Bild machen gleich einem Mann oder Weib oder Vieh auf Erden oder Vogel unter dem Himmel, oder Gewürm, oder Fisch; noch daß sie ihre Augen aufheben und sehen die Sonne, den Mond und die Sterne, das ganze Heer, und fallen ab, ihnen zu dienen. Dein Volk ist mein Volk, und dein Gott ist mein Gott. Darum, wenn Er mir Kinder gibt, so sollen sie mir nicht kommen von einem Manne aus fremdem Gottesvolk, nie und nimmer. Es kann aus deinem Hause, mein Herr, wohl einer sich eine Tochter des Landes nehmen, wie ich es war, und sie zu Gott führen. Ich aber, wie ich nun bin, neugeboren und dein Gebild, kann nicht Ehemagd sein einem Unbelehrten und einem, der da zu Bildern betet aus Holz und Stein, von der Hand der Werkmeister, und die weder sehen, noch hören, noch riechen können. Siehe an, Vater-Herr, was du getan hast, da du mich bildetest, und hast mich fein und heikel gemacht in der Seele, daß ich nicht leben kann wie die Menge der Unwissenden und kann nicht den Ersten-Besten freien und mein Weibtum nicht hingeben einem Gottestölpel, wie ich sonst wohl schlichten Herzens getan hätte – das sind die Nachteile der Verfeinerung und sind die Schwierigkeiten, die Veredelung mit sich bringt. Darum rechne es deiner Tochter und Magd nicht zum Mutwillen an, wenn sie dich auf die Verantwortung hinweist, die du auf dich genommen, da du sie bildetest, und bist ihr schuldig geworden fast ebenso, wie sie dir, da du nun für ihre Veredelung aufkommen mußt.«

»Was du sagst, meine Tochter«, erwiderte er, »ist energisch und nicht ohne Hand und Fuß; es läßt sich mit Beifall hören. Sage mir aber, wo du hinauswillst, denn ich seh' es noch nicht, und vertraue mir an, wohin du denkst, denn es ist mir dunkel!«

»Deines Volks«, sagte sie, »bin ich im Geiste, deines Volks allein kann ich im Fleische sein und mit meiner Weibheit. Du hast mir die Augen aufgetan – laß mich die deinen öffnen! Ein Reis wächst an eurem Stamm, 'Er, deines Vierten

Erster, und ist wie ein Palmbaum am Bach und wie ein schlank Rohr im Ried. So rede mit Juda, deinem Löwen, daß er mich ihm zum Weibe gebe!«

Jaakob war höchlichst überrascht.

»Da willst du hinaus«, antwortete er, »und dahin denkst du? Wahrlich, wahrlich, ich hätt's nicht gedacht. Du hast mir von der Verantwortung gesprochen, die ich mir zugezogen, indem ich dich bildete, und machst mich nun stutzen gerade um ihretwillen. Natürlich kann ich reden mit meinem Löwen und mein Wort geltend machen vor ihm, aber kann ich's verantworten? Willkommen bist du meinem Hause, und es tut seine Arme auf mit Freuden, dich zu empfangen. Aber soll ich dich gebildet haben zu Gott, daß du unselig werdest? Ungern rede ich mißlich von einem in Israel, aber die Söhne der Tochter Schua's sind ja ein ungenügend Geschlecht und sind Taugenichtse vor dem Herrn, nach denen ich lieber nicht blicke. Wahrlich, ich zögere stark, dir zu willfahren, denn nach meinem Dafürhalten taugen die Knaben zur Ehe nicht, jedenfalls nicht mit dir.«

»Mit mir«, sagte sie fest, »wenn mit keiner sonst, – besinne sich doch mein Vater und Herr! Es war unumgänglich geboten, daß Jehuda Söhne habe. Nun sind sie, wie sie sind, von gutem Kern jedenfalls, denn in ihnen ist der Kern Israels, und können nicht übersprungen sein, noch kann man sie ausfallen lassen, es sei denn, sie fielen selber aus und bestünden die Probe des Lebens nicht. Unumgänglich ist's, daß sie wiederum Söhne haben, zum mindesten einen, einer zum mindesten, 'Er, der Erstgeborene, diese Palme am Bach. Ich liebe ihn und will ihn auferbauen mit meiner Liebe zum Helden in Israel!«

»Eine Heldin«, versetzte er, »bist du selbst, meine Tochter, und ich traue dir's zu.«

So versprach er ihr, sein Wort geltend zu machen bei Juda, dem Löwen, und war sein Herz von mancherlei widerstreitenden Empfindungen erfüllt. Denn er liebte das Weib mit starken Resten und freute sich, sie mit einer Männlichkeit zu beschenken, die von ihm kam. Doch dauerte es ihn und ging ihm gegen die Ehre, daß es sollte keine bessere Männlichkeit sein. Drittens aber, er wußte nicht warum, war ihm leise grausig zumute bei dieser ganzen Geschichte.

»Nicht durch uns!«

Juda hauste nicht mit seinen Brüdern im Haine Mamre beim Vater, sondern seit er gut Freund geworden mit dem Manne Hirah, weidete er weiter abwärts gegen die Ebene auf den Triften Odollam, und dort führten auch 'Er, sein Ältester, und Thamar ihre Ehe, gestiftet von Jaakob, da er den Vierten vor sich entboten und sein Wort hatte geltend gemacht vor ihm. Warum hätte Juda löcken sollen gegen das Wort? Es waren etwas trübe Gebärden, mit denen er darein willigte, aber er willigte ohne Umstände darein, und so ward Thamar dem 'Er zum Weibe gegeben.

Es ziemt uns nicht, hinter den Vorhang dieser Ehe zu blicken; schon damals gleich hatte niemand Lust dazu, und immer hat die Menschheit sich mit barscher Bündigkeit über die Tatsachen geäußert, unter Verzicht auf Mitleid und Beschuldigung, die richtig anzubringen ihr stets zu umständlich schien. Die Elemente des Mißgeschicks waren auf einer Seite geschichtlicher Ehrgeiz, verbunden mit Eigenschaften astartischer Art, und auf der anderen jugendliche Entnervtheit, die keiner ernsten Lebensprobe gewachsen war. Man tut am besten, dem Beispiel der Überlieferung zu folgen und barsch und bündig mitzuteilen, daß Juda's 'Er ganz kurze Zeit nach der Hochzeit starb, oder, wie jene es ausdrückt, daß der Herr ihn tötete, – nun ja, der Herr tut alles, und alles, was geschieht, kann man als seine Tat bezeichnen. In Thamars Armen starb der Jüngling an einem

Blutsturz, der wohl seinen Tod herbeigeführt hätte, auch wenn er nicht am Blute erstickt wäre; und mancher wird es noch tröstlich finden, daß er wenigstens nicht ganz allein starb, wie ein Hund, sondern in seines Weibes Armen, obgleich es auch wieder beschwerend ist, sich diese gefärbt vom Lebens- und Sterbensblute des jungen Gatten vorzustellen. Mit finsteren Brauen stand sie auf, wusch sich rein und verlangte Onan, Juda's Zweiten, zum Manne.

Die Entschlossenheit dieser Frau hatte alle Zeit etwas Verblüffendes gehabt. Sie ging zu Jaakob hinauf und klagte ihm ihr Leid, klagte gewissermaßen Gott bei ihm an, so daß der Alte Jahs wegen in Verlegenheit geriet.

»Mein Mann ist mir gestorben«, sagte sie, »'Er, dein Enkel, jählings und im Nu! Ist das zu verstehen? Wie kann Gott das tun?«

»Er kann alles«, antwortete er. »Demütige dich! Er tut, wenn sich's trifft, das Ungeheuerlichste, denn alles zu können, ist, wenn man's recht bedenkt, eine große Versuchung. Es sind Wüstenreste, such es dir so zu erklären! Er stößt zuweilen auf einen Mann und tötet ihn mir nichts, dir nichts, ohne Erläuterung. Man muß es hinnehmen.«

»Ich nehme es hin«, versetzte sie, »von wegen Gottes, aber nicht für mein Teil, denn meine Witwenschaft erkenn' ich nicht an, ich kann's und darf's nicht. Ist einer ausgefallen, so muß unmittelbar der Nächste eintreten für ihn, daß nicht mein Funke auslösche, der noch übrig ist, und meinem Mann kein Namen und nichts Übriges bleibe auf Erden. Ich spreche nicht für mich allein und für den Getöteten, ich spreche allgemein und für ewig. Du mußt, Vater-Herr, dein Wort geltend machen in Israel und es zur Satzung erheben, daß, wo da Brüder sind und einer stirbt ohne Kinder, so soll sein Weib nicht einen fremden Mann draußen nehmen, sondern ihr Schwager soll einspringen und sie ehelichen. Den ersten Sohn aber, den sie gebiert, soll er bestätigen nach dem Namen seines verstorbenen Bruders, daß dessen Name nicht vertilgt werde aus Israel!«

»Wenn's aber dem Manne nicht gefällt«, wandte Jaakob ein, »daß er seine Schwägerin nehme?«

»In diesem Fall soll sie hervortreten«, sprach Thamar fest, »und es allen ansagen: Mein Schwager weigert sich, seinem Bruder einen Namen zu erwecken in Israel, und will mich nicht ehelichen. Dann soll man ihn fordern und mit ihm reden. Wenn er aber steht und spricht: Es gefällt mir nicht, sie zu nehmen, so soll sie zu ihm treten vor allem Volk und ihm einen Schuh ausziehen von seinen Füßen und ihn anspeien und soll antworten und sprechen: Also soll man tun einem jeden Mann, der seines Bruders Haus nicht erbauen will. Und sein Name soll ›Barfüßer‹ sein!«

»Da wird er sich freilich bedenken«, sagte Jaakob. »Und du hast insofern recht, meine Tochter, als es mir leichter fallen wird, mein Wort geltend zu machen bei Juda, daß er dir den Onan zum Manne gebe, wenn ich's allgemein mache und mich dabei auf die Satzung stützen kann, die ich veröffentlicht habe unter dem Unterweisungsbaum.«

Es war die Schwagerehe, die da auf Thamars Betreiben gegründet wurde, eine geschichtliche Sache. Dies Landmädchen hatte nun einmal einen Trieb zum Geschichtlichen. Ohne Witwenschaft erhielt sie den Knaben Onan zum Manne, ob Juda auch wenig Lust zeigte zu der Schlichtung und Seitenheirat und der Betroffene noch weniger. Jehuda, vom Vater heraufgefordert von der Trift Odollam, löckte längere Zeit gegen den Ratschlag und bestritt, daß es ratsam sei, mit dem Zweiten zu wiederholen, was mit dem Ersten so unselig ausgegangen. Auch sei Onan erst zwanzig und, wenn überhaupt für die Ehe geschaffen, so jedenfalls noch nicht für sie reif, noch zu ihr willens und aufgelegt.

»Aber sie wird ihm den Schuh ausziehen und dergleichen mehr, wenn er sich weigert, seines Bruders Haus zu erbauen, und er wird ›Barfüßer‹ heißen sein Leben lang.«

»Du tust, Israel«, sagte Juda, »als sei das nun einmal so, da du es doch selbst eben erst eingeführt hast, und ich weiß auch, auf wessen Rat.«

»Aus der Magd spricht Gott«, erwiderte Jaakob. »Er hat sie zu mir geführt, daß ich sie mit ihm bekannt mache und er aus ihr reden könne.«

Da löckte Juda nicht mehr und verordnete die Heirat.

Den Alkovenspäher zu machen ist unter der Würde dieses Erzählers. Barsch und bündig denn: Juda's Zweiter, in seiner Art hübsch und nett, nämlich auf eine zweifelhafte Art, war, wiederum in seiner Art, ein Charakter, – will sagen: im Sinn einer wurzelhaften Widersetzlichkeit, die einem Urteilsspruch über sich selbst und einer Verneinung des Lebens in ihm selber gleichkam. Nicht gerade seines persönlichen Lebens, denn er hatte viel Eigenliebe und schmückte und schminkte sich stutzerhaft; aber aller Fortsetzung des Lebens nach ihm und durch ihn, – zu dieser sagte er innerlichst nein. Es heißt, er habe sich geärgert, daß er als Ersatz-Gatte einspringen und nicht sich selbst, sondern seinem Bruder Samen erwecken sollte.

Das ist wohl wahr; soweit Worte und selbst Gedanken in Frage kommen, mochte er die Sache bei sich so artikulieren. In der Wirklichkeit, für die Gedanken und Worte nur Umschreibungen sind, war diesem ganzen Juda-Geschlecht das Wissen eingeboren, daß es eine Sackgasse bilde, und daß das Leben, welche Wege es nun immer einschlagen mochte, jedenfalls nicht durch sie, die drei Buben, weiterführen sollte, wollte, konnte und durfte. Nicht durch uns! sagten sie einhellig und hatten in ihrer Art recht. Leben und Schälerei mochten ihrer Wege gehen; sie pfiffen darauf. Namentlich Onan tat das, und seine Hübschheit und Nettheit war nur die Äußerung der Eigenliebe dessen, über den es nicht weitergeht.

Zur Ehe genötigt, beschloß er, den Schoß zum Narren zu halten. Doch hatte er die Rechnung ohne Thamars astartisch gerüsteten Ehrgeiz gemacht, der gegen seine Widersetzlichkeit wie eine Wetterwolke gegen die andere stand und mit ihr den ausgleichenden Blitzschlag des Todes zeugte. In ihren Armen starb er, von einem Nu zum anderen, an plötzlicher Lebenslähmung. Das Gehirn stand ihm still, und er war tot.

Thamar erhob sich und verlangte stracks, daß man ihr nunmehr den Shelah, Juda's Jüngsten, der erst sechzehn Jahre alt war, zum Manne gebe.

Nennt einer sie die verblüffendste Figur dieser ganzen Geschichte, so wagen wir nicht zu widersprechen.

Diesmal drang sie nicht durch. Schon Jaakob schwankte sehr, wenn auch nur in Erwartung von Juda's emphatischem Einspruch, der nicht auf sich warten ließ. Man hieß ihn wohl einen Löwen, aber wie eine Löwin stand er vor seinem letzten Knaben, was dieser nun immer taugen mochte, und wollte nicht.

»Nie und nimmer!« sagte er. »Daß er mir auch verderbe, nicht wahr?, blutig wie der Erste oder unblutig wie der Zweite, da sei Gott vor, und es geschehe mitnichten! Ich habe gehorsamt deiner Vorladung, Israel, und bin zu dir heraufgeeilt von Ehesib in der Ebene, wo Schua's Tochter mir diesen gebar, und wo sie jetzt krank liegt. Denn sie ist krank und neigt zum Sterben, und wenn auch Shelah mir stirbt, so bin ich kahl. Nicht von Gehorsamsverweigerung ist die Rede, denn du magst mir's ja sichtlich gar nicht befehlen, sondern nur als zweifelnde Anregung bringst du's vor. Ich aber zweifle nicht erst, sondern sage ›Nein und Niemals‹ dazu, für dich und mich. Was denkt sich dies Weib, daß ich ihr soll auch das Schäfchen geben und sie's vertilge? Das ist eine Ischtar, die ihre Liebsten tötet! Eine Jünglingsfresserin ist das, von unersättlicher Gier! Dazu ist dieser ein Kind, noch unter seinen Jahren, und taugt das Lämmlein nicht in den Pferch ihrer Arme.«

Wirklich konnte man sich Shelah, wenigstens vorläufig, vermählt gar nicht vorstellen. Er sah mehr aus wie ein Engel denn wie ein Menschensohn, süffisant und unbrauchbar, und hatte weder Bart noch Baß.

»Es ist nur wegen des Schuhes und wegen des Weiteren«, erinnerte Jaakob zögernd, »wenn der Knabe sich sperrt, seines Bruders Haus zu erbauen.«

»Ich werde dir etwas erwidern, mein Herr«, sprach Juda. »Wenn diese Fresserin jetzt nicht hingeht und Leidkleider anzieht und fortan nicht sittsam Leid trägt in ihres Vaters Hause als eine Witwe, der zwei Männer gestorben sind, und sich ruhig verhält, so werde ich selbst, so wahr ich dein Vierter bin, ihr einen Schuh ausziehen vor allem Volk und auch das Zugehörige tun und sie offen der Vampirei bezichtigen, daß man sie steinige oder verbrenne!«

»Du gehst zu weit«, sagte Jaakob, peinlich berührt, »in deiner Unlust zu meiner Anregung.«

»Gehe ich zu weit? Und wie weit würdest du gehen, wenn man dir Benjamin nehmen wollte, und wollte ihn vielleicht auf die fährlichste Reise schicken, der doch nicht dein Letzter ist, sondern nur dein Jüngster? Den hütest du mit dem Stabe und hältst ihn kurz an dich, daß er nicht auch abhanden komme, und darf kaum auf die Straße. Nun, Shelah ist mein Benjamin, und ich sträube mich, alles sträubt sich hoch auf an mir gegen seine Herausgabe!«

»Ich will dir einen Vorschlag zur Güte machen«, sprach Jaakob, dem dies Argument sehr naheging, »nämlich zu dem Behuf, daß wir Zeit gewinnen und dabei die Magd, deine Schnur, nicht hart vor die Stirne stoßen. Denn nicht abschlagen wollen wir ihr ihr Verlangen, sondern es ihr abgewöhnen. Geh hin und sage ihr: ›Mein Sohn Shelah ist noch zu klein und sogar hinter seinen Jahren zurück. Bleibe eine Witwe in deines Vaters Haus, bis der Knabe groß wird, dann will ich ihn dir geben, daß er seinem Bruder Samen erwecke.‹ So bringen wir ihr Verlangen für einige Jahre zum Schweigen, eh' sie's erneuern kann. Aber vielleicht wird ihr geläufig der Witwenstand, und sie erneuert es gar nicht. Oder, wenn doch, so vertrösten wir sie und erklären mit mehr oder weniger Recht, dein Sohn sei noch immer nicht groß geworden.«

»Sei es darum«, sprach Juda. »Mir ist es ganz

gleich, was wir ihr sagen, wenn ich nur nicht den zarten Hochmut dem Moloch muß in die glühenden Arme legen.«

Die Schafschur

Es geschah nach Jaakobs Weisung. Thamar nahm ihres Schwiegervaters Bescheid mit finsteren Brauen auf, ihm dabei tief in das Auge blickend. Aber sie fügte sich. Als eine Witwe und als ein Weib, das Leid trägt, blieb sie in ihres Vaters Haus und ließ nichts von sich hören, ein Jahr und zwei Jahre und sogar noch ein drittes. Nach zweien hätte sie mit Fug und Recht ihren Anspruch erneuern können; aber ausdrücklich wartete sie noch ein drittes, um nicht beschieden zu werden, Shelah sei noch zu klein. Die Geduld dieser Frau war ebenso ansehnlich wie ihre Entschlossenheit. Aber Entschlossenheit und Geduld, die beiden sind wohl ein und dasselbe.

Als nun aber Shelah neunzehn war und also in der Blüte der ihm erreichbaren Männlichkeit stand, trat sie vor Juda hin und sprach:

»Die Frist ist um, und ist nun die Zeit gekommen, daß du mich deinem Sohne zum Weibe gebest und ihn mir zum Mann, damit er seinem Bruder Namen und Samen schaffe. Gedenke deiner Verschreibung!«

Juda aber war, noch ehe das erste Wartejahr umgekommen, selber ein Witwer geworden; Schua's Tochter war ihm gestorben, aus Gram über seine Knechtschaft bei Astaroth, dazu über ihrer Söhne Verderben und darüber, daß sie schuld daran sein sollte. Er hatte nur Shelah noch und war weniger als je gesonnen, ihn auf die fährliche Reise zu schicken. Darum erwiderte er:

»Verschreibung? Meine Freundin, es hat nie eine stattgefunden. Will ich damit sagen, daß ich nicht auch zu dem bloßen Wort meines Mundes stehe? Das will ich nicht. Aber ich hätte nicht gedacht, daß du darauf bestehen würdest, noch nach so langer Zeit, denn es war ein Wort der Vertröstung. Willst du noch so eins, so gebe ich's dir, aber es sollte nicht nötig sein, und du solltest dich selbst schon getröstet haben. Zwar ist Shelah älter geworden, aber nur wenig, und bist ihm nun weiter voran, als du warst, da mein Wort dich vertröstete. Du könntest ja fast seine Mutter sein.«

»So, könnte ich das?« fragte sie. »Du weisest mir meinen Platz an, wie ich sehe.«

»Dein Platz«, sagte er, »ist meiner Meinung

nach in deines Vaters Haus, daß du darin als Witwe bleibest und als ein Weib, das Leid trägt um zween Männer.«

Sie neigte sich und ging. Nun aber kommt's.

Diese Frau war nicht so leicht auszuschalten, noch von der Bahn zu bringen – unsere Verblüffung wächst, je länger wir sie im Auge haben. Mit ihrer Stellung in der Zeit schaltete sie frei. Sie war hinabgestiegen in ihr zu den Enkeln, die sie verwünschte, da sie denen im Wege waren, die sie hätte hervorbringen wollen, – nun beschloß sie, aufs neue die Generation zu wechseln und wieder hinaufzusteigen, unter Umgehung des einen, der noch übrig war vom Enkelgeschlecht, und den man ihr nicht überlassen wollte, daß er sie entweder auf die Bahn brächte oder stürbe. Denn ihr Funke durfte nicht ausgelöscht sein, noch litt sie's, daß man sie vertilge vom Erbe Gottes.

Für Juda, Jaakobs Sohn, spielte die Sache sich ab, wie folgt. Nicht gar viele Tage nach dem Tag, da der Löwe wieder die Löwin gemacht und sich vor sein Junges gestellt, kam das Jahr um zu dem Punkt, wo Schafschur war und das Fest der Wollernte, das die Hirten und Hüter der Gegend zu Trunk und Opferschmaus versammelte an wechselndem Ort, und war diesmal ein Platz ausersehen in den Bergen, Timnach genannt, dahin kamen die Hirten und Herren der Hürden von oben hinab und von unten hinauf, daß sie schüren und eine gute Zeit hätten. Juda aber ging hinauf zusammen mit Hirah von Odollam, seinem Freunde und Oberhirten, demselben, durch den er Schua's Tochter kennengelernt; denn sie wollten auch scheren und eine gute Zeit haben, wenigstens Hirah; denn Juda war nicht nach guter Zeit zumute, gar niemals. Er lebte in einer Hölle, zur Strafe für ehemals Mitbegangenes, und die Art, wie seine Söhne ums Leben gekommen waren, sah dieser Hölle recht ähnlich. Vergrämt war er um seine Erberwählung, und lieber hätte um seinetwillen das Jahr zu keinerlei Fest umkommen sollen und zu keiner guten Zeit; denn ist man ein Höllenknecht, so nimmt alle Festlichkeit doch nur das Wesen des Höllischen an und führt zu nichts, als daß man verunsäubert die Erberwählung. Aber was hilft's? Nur wer am Leibe krank, ist vom Leben entschuldigt. Ist man nur krank im Gemüt, – das hat keine Gültigkeit, niemand versteht's, und man muß teilnehmen am Leben und mit den anderen die Zeit halten. So hielt Juda mit bei der Schur zu Timnach drei Tage lang, opferte und schmauste.

Den Rückweg hinab in seine Gegend legte er allein zurück; er ging am liebsten allein. Daß er zu

Fuße ging, wissen wir, denn er führte einen guten Knaufstock, der etwas wert war, und solchen braucht man nicht für ein Reittier, sondern zum Schreiten. An ihm schritt er die Pfade der Hügel hinab, zwischen Weinhängen und Ortschaften, im Spätglanz des Tages, der rötlich zur Rüste ging. Weg und Steg waren ihm wohl vertraut; da war auch Enam, die Stätte Enajim am Fuße der Höhen, wo er vorbeimußte, gen Ehesib und Odollam, purpurn angestrahlt Häuser, Lehmmauer und Tor von den feiernden Himmeln. Am Tore kauerte eine Gestalt; als er näher kam, sah er, daß sie in ein Ketônet paspasim, das Schleiergewand der Bestrickenden, gehüllt war.

Sein erster Gedanke war: Ich bin allein. Sein zweiter: Ich gehe vorüber. Sein dritter: Ins Untere mit ihr! Muß mir die Kedesche, die Freudennonne am friedlichen Heimweg sitzen? Es sieht mir ähnlich. Aber ich kümmere mich nicht darum, denn ich bin zweimal, der ich bin: der, dem's ähnlich sieht, und der, der sich darüber erbittert, sich verleugnet und zornig vorübergeht. Das alte Lied! Muß es immer wieder gesungen sein? So singen angeschmiedete Rudersklaven aus stöhnender Brust bei der Fron. Droben sang ich's ächzend mit einer Tanzdirne und sollte satt sein für eine Weile. Als ob die Hölle sich je ersättigte! Schmachvolle

Neugier, absurde, nach dem hundertfach Abgeschmackten! Was wird sie sagen und wie sich gehaben? Einer, der nach mir kommt, mag es erproben. Ich gehe vorüber.

Und er blieb stehen.

»Die Herrin zum Gruß!« sagte er.

»Sie stärke dich!« flüsterte sie.

Da hatte der Engel der Lüste ihn schon gepackt, und ihr Flüstern machte, daß er vor Neugier erschauerte nach dem Weibe.

»Raunende Wegelagerin«, sagte er mit bebendem Munde, »auf wen wartest du?«

»Ich warte«, antwortete sie, »auf einen lustigen Lüstling, der die Geheimnisse der Göttin mit mir teilen will.«

»Da komm' ich halbwegs recht«, sagte er, »denn ein Lüstling bin ich, wenn auch kein lustiger. Ich habe keine Lust zur Lust, aber sie zu mir. In deinem Amt, denke ich mir, ist man auch nicht sehr lustig zur Lust, sondern muß froh sein, wenn andere Lust haben.«

»Wir sind Spenderinnen«, antwortete sie. »Kommt aber der Rechte, wissen wir auch zu empfangen. Hast du Lust zu mir?«

Er rührte sie an.

»Was gibst du mir aber?« hielt sie ihn auf.

Er lachte.

»Zum Zeichen«, sprach er, »daß ich ein Lüstling mit einem Anflug von Lustigkeit bin, will ich dir einen Ziegenbock von der Herde geben, daß du mein gedenkest.«

»Aber du hast ihn nicht mit dir.«

»Ich will ihn dir schicken.«

»Das sagt man vorher. Nachher ist man ein anderer Mann, der des vorigen Wort nicht kennt. Ich muß ein Pfand haben.«

»Nenne es!«

»Gib mir den Ring deines Fingers, die Knotenschnur um deinen Hals und den Knaufstock in deiner Hand!«

»Du weißt für die Herrin zu sorgen!« sagte er. »Nimm!«

Und er sang das Lied mit ihr am Wege im Abendrot, und sie entschwand um die Mauer. Er aber ging heim und sagte am nächsten Morgen zu Hirah, seinem Hirten:

»Übrigens so und so, du weißt, wie's geht. Es war da am Tor von Enajim, der Stätte Enam, eine Tempelmetze, mit deren Augen es etwas auf sich hatte unter dem Ketônet, – kurz, was rede ich viel unter Männern! Sei so gut und bring ihr den Ziegenbock, den ich ihr versprochen habe, daß ich meine Sachen wiederbekomme, die ich ihr lassen mußte, Ring, Stab und Schnur. Bring ihr einen guten Mamberbock, der was taugt, ich will mich von der Lümpin nicht lumpen lassen. Mag sein, sie sitzt wieder am Tor; sonst frage die Leute!«

Hirah wählte den Bock, teuflisch häßlich und prächtig, mit Ringelhörnern, gespaltener Nase und langem Bart, und führte ihn nach Enajim, ans Tor, wo niemand war. »Die Hure«, fragte er drinnen, »die außen am Wege saß? Wo ist sie? Ihr müßt doch eure Hure kennen!«

Sie antworteten ihm aber:

»Hier war und ist keine Hure. Das gibt's nicht bei uns. Wir sind ein dezentes Städtchen. Such dir woanders die Geiß für deinen Bock, sonst fliegen Steine!«

Das sagte Hirah dem Juda an, der die Achseln zuckte.

»Kann man sie nicht finden«, sprach er, »ist's ihre Schuld. Die meine haben wir angeboten, und kann uns niemand was nachsagen. Mein Sach freilich bin ich los. Der Stock hatte einen Kristallknopf. Tu den Bock wieder zur Herde!«

Damit vergaß er's. Drei Monate später aber ward offenbar, daß Thamar in der Hoffnung war.

Es war ein Skandal, wie er in dieser Gegend lange nicht vorgekommen. Sie hatte als Witwe gelebt, in Leidkleidern, in ihrer Eltern Haus, und nun kam zutage und war nicht mehr zu verbergen, daß sie's getrieben hatte schamlos und todeswürdig! Die Männer grollten dumpf, die Weiber kreischten Hohn und Verwünschung. Denn Thamar war hoffärtig gewesen alle Zeit gegen sie alle und hatte getan, als sei sie was Besseres. Zu Juda kam gleich das Geschrei: »Weißt du's, weißt du's? Thamar, deine Schnur, hat sich aufgeführt, daß sie's nicht länger verbergen kann. Schwanger ist sie von Hurerei!«

Juda erbleichte. Seine Hirschaugen traten vor, seine Nüstern flatterten. Sünder können äußerst reizbar sein gegen die Sünde der Welt; dazu war sein Blut böse gegen das Weib, weil sie ihm zwei Söhne gefressen, und auch, weil er ihr sein Wort gebrochen hatte wegen des dritten.

»Sie hat ein Laster verwirkt«, sagte er. »Ehern sei der Himmel über ihrem Haupt und eisern die Erde unter ihr! Man soll sie mit Feuer verbrennen! Sehr leicht war sie des Brandpfahls schuldig schon längst, nun aber liegt's offen, daß sie einen Greuel begangen hat in Israel und hat ihr Leidkleid besudelt. Man soll sie herausführen vor die Tür ihres Vaters Hauses und sie zu Asche verbrennen. Ihr Blut sei auf ihr!«

Und mit langen Schritten ging er den Petzern voran, die fuchtelten und unterwegs Zulauf hatten von Fuchtelnden aus den Dörfern von allen

Seiten, so daß es eine gierige Menge war, die da vor's Witwenhaus rückte in Juda's Gefolge, schmähend und pfeifend. Im Hause drinnen hörte man Thamars Eltern seufzen und heulen, von ihr selbst aber hörte man nichts.

Da wurden drei Männer verordnet, hineinzugehen und gestellig zu machen die Buhlerin. Mit verfestigten Schultern gingen sie, die Arme steif, das Kinn auf der Brust und die Fäuste bereit, daß sie Thamar hinausführten und diese erst Schande stehe und dann verbrannt würde. Über eine Weile aber kamen sie wieder heraus, ohne Thamar, mit Sachen in ihren Händen. Der eine trug einen Ring zwischen zwei Fingern, indem er die anderen spreizte. Der zweite hielt einen Stab, in der Mitte gefaßt, gerad vor sich hin. Der dritte ließ eine Purpurschnur baumeln von seiner Hand. Die Dinge brachten sie vor Jehuda, der vorne stand, und sprachen:

»Das sollen wir dir sagen von Thamar, deiner Schnur: ›Von dem Manne, des diese Pfänder sind, trag' ich mein Pfand. Kennst du sie wohl? Denn siehe: ich bin die Frau nicht, die sich vertilgen läßt samt ihrem Sohn vom Erbe Gottes!‹«

Juda, der Löwe, besah die Dinge, indes ihn die Menge umdrängte und ihm ins Gesicht lugte, und da er zornbleich gewesen war all die Zeit, wurde er nun langsam rot wie Blut, bis unters Haar und bis in die Augen hinein. Und verstummte. Da fing ein Weib an zu lachen, und dann noch eins, und dann ein Mann und dann viele Männer und Weiber, und endlich lachte schallend und unauslöschlich die ganze Rotte, daß sie in die Hucke gingen vor Lachen und ihre Münder gen Himmel klafften, und riefen: »Juda, du bist's! Juda hat aus seiner Schnur seine Schnurre gemacht! Huhu, hoho und haha!«

Und Lea's Vierter? Er sprach leise im Schwall: »Sie ist gerechter denn ich!« und ging geneigt aus ihrer Mitte davon.

Als aber Thamars Stunde kam, ein Halbjahr später, gebar sie Zwillingsknaben, die wurden weidliche Männer. Zwei Söhne hatte sie vertilgt aus Israel, als sie hinabgestiegen war in der Zeit, und lieferte zwei ungleich bessere dafür, da sie wieder hinaufstieg. Der Erstgekommene, Perez, zumal war ein überaus weidlicher Mann und zeugte in Welt und Geschichte hinaus, daß es eine Art hatte. Denn noch im siebenten Gliede zeugte er einen, der die Weidlichkeit selber war, Boas genannt, der Mann einer Lieblichen. Die wuchsen sehr in Ephratha und wurden gepriesen in Bethlehem, denn ihr Enkel war Isai, der Bethlehemiter, ein Vater von sieben Söhnen und einem kleinsten, der die Schafe hütete, bräunlich, mit schönen Augen. Er konnte es wohl auf dem Saitenspiel und mit der Schleuder und brachte den Riesen zu Fall – da war er schon in der Stille zum König gesalbt.

Das alles liegt weit dahinten in offener Zukunft und gehört der großen Geschichte an, von der die Geschichte Josephs nur eine Einschaltung ist. Aber in diese ist und bleibt die Geschichte des Weibes eingeschaltet, das sich um keinen Preis ausschalten ließ, sondern sich auf die Bahn brachte mit verblüffender Entschlossenheit. Da steht sie, hoch und fast finster, am Hang ihres Heimathügels und blickt, eine Hand auf ihrem Leibe und mit der anderen die Augen beschattend, ins urbare Land hinaus, über dessen Fernen das Licht sich in türmenden Wolken zu breit hinflutender Strahlenglorie bricht.

Thomas Mann wurde 1875 in Lübeck geboren. Sein erster Roman ›Buddenbrooks‹, erschienen 1901, begründete seinen Ruhm als Erzähler. Weitere Werke – Romane wie ›Der Zauberberg‹, ›Joseph und seine Brüder‹, ›Doktor Faustus‹; Novellen wie ›Tonio Kröger‹, ›Der Tod in Venedig‹, ›Mario und der Zauberer‹; Aufsätze und Reden – machten ihn zu einem Autor von Weltgeltung, die ihren Ausdruck fand in der Verleihung des Nobelpreises für Literatur 1929. Thomas Mann starb 1955 in Zürich.

Die Tetralogie ›Joseph und seine Brüder‹ ist Thomas Manns umfangreichste Prosadichtung, »ein pyramidenhaftes Stück Arbeit«: »Siebzigtausend geruhig strömende Zeilen, welche die Urvorkommnisse des Menschenlebens, Liebe und Haß, Segen und Fluch, Bruderzwist und Vaterleid, Hoffart und Buße, Sturz und Erhebung kündend dahintragen, ein humoristisches Menschheitslied«, unterteilt in die Bände ›Die Geschichten Jaakobs‹ (1933), ›Der junge Joseph‹ (1934), ›Joseph in Ägypten‹ (1936) und ›Joseph, der Ernährer‹ (1943).

›Thamar‹ ist eine in sich geschlossene Erzählung aus Thomas Manns großem vierbändigen Epos ›Joseph und seine Brüder‹ – eine eingeschaltete Geschichte und zugleich die Geschichte einer Einschaltung.

Thamar, heidnischer Ackerbürger Kind und »weibliches Paradigma der Entschlossenheit«, scheut kein Mittel, ihren bisher im Schöpfungsplan nicht vorgesehenen Beitrag zur Heilsgeschichte zu leisten. Den Geschichten Stammvater Jaakobs unter dem Verkündigungsbaum lauschend, nimmt sie sich vor, ihr Augenmerk auf Juda, Jaakobs Vierten, zu richten. Judas Söhne, die ihr im Weg sind, räumt Thamar beiseite, indem sie sie nacheinander heiratet. Beide Ehemänner scheiden an »Lebenslähmung« schnell dahin, jeweils kurz nach der Hochzeit. Durch List bringt sie schließlich Juda dazu, »aus seiner Schnur« – seiner Schwiegertochter – »seine Schnurre« zu machen. So ruft lachend das Volk, als Thamars Schwangerschaft und Judas Vaterschaft offenbar werden. Damit hat sie sich mit Erfolg auf die »Bahn der Verheißung«, in die zu David führende Geschlechterlinie gedrängelt und ist zu einer »Vor-Mutter des Messias« und zum »Prototyp historischen Ehrgeizes« geworden.

»Du solltest die zweite Hälfte hören«, schrieb Thomas Mann an Tochter Erika, »sie ist vielleicht das Sonderbarste und Besterzählte, was ich gemacht habe.«